清·蒲松齡著

聊齋志異

九册

黄山書社

聊齋志異卷九

淄川　蒲松齡　留仙　著
新城　王士正　貽上　評

雲蘿公主

安大業盧龍人生而能言母飲以犬血始止既長韶秀顧影無儔又慧能讀世家爭婚之母夢曰兒當尚主信之至十五六迄無驗亦漸自悔一日安獨坐忽聞異香俄一美婢奔入曰公主至即以長氈貼地自門外直至榻前方駭疑間一女郎扶婢肩入服色容光映照四堵婢即以繡墊設榻上扶女郎坐安倉皇不知所爲鞠躬便問何處神仙勞降玉趾女郎微笑以袍袖掩口婢曰此聖后府中雲蘿公主也聖后屬意郎君欲以公主下嫁故使自來相宅安驚喜不知置詞女亦俯首相對寂然安故好棋楸枰嘗置坐側一婢以紅巾拂塵移諸案上曰主日耽此不知與粉侯孰勝安移坐近案主笑從之甫三十餘着婢竟亂之曰駙馬負矣斂子入奩曰駙馬當是俗間高手主僅能讓六子乃以六黑子實局中主亦從之主坐次輒使婢伏坐下以背受足左足踏地

則更一婢右伏又兩小鬟夾侍之每值安凝思時輒曲一肘伏肩上局闌未結小鬟笑云駙馬負一子婢進曰主惰宜且退女乃傾身與婢耳語婢出少頃而還以千金置榻上告生曰適主言居宅湫鄙煩以此少致修飾落成相會也一婢曰此月犯天刑不宜建造月後吉女起生遮止閉門婢出一物狀類皮排就地鼓之雲氣突出俄頃四合冥不見物索之已杳母知疑以為妖而生神馳夢想不能復捨急於落成無暇禁忌刻日敦廹廊舍一新先是有灤州生袁大用僑寓鄰坊投刺於門生

素寡交托他出又窺亡而報之後月餘門外適相值二十許少年也宮絹單衣絲帶烏履意甚都雅畧與傾談頗甚溫謹悅之揖而入請與對奕互有贏虧已而設酒畱連談笑大懽明日邀生至其寓所珍肴雜進相待殷渥有小童十二三許拍板清歌又跳擲作劇生大醉不能行便令負之生以其纖弱恐不能勝袁强之僮綽有餘力荷送而歸生奇之次日犒以金再辭乃受由此交情欵密三數日輒一過從袁為人簡默而慷慨好施市有負責鬻女者解囊代贖無吝色生以此益重之過數

日詣生作別贈象箸楠珠等十餘事白金五百用助興作生反金受物報以束帛後月餘樂亭有仕宦而歸者橐貲充牣盜夜入執主人燒鐵鉗灼劫掠一空家人識袁行牒追捕鄰院屠氏與生家積不相能因其土木大興陰懷疑忌適有小僕竊象箸賣諸其家知袁所贈因報大尹尹以兵繞舍值生主僕他出執母而去母衰邁受驚僅存氣息二三日不復飲食尹釋之生聞母耗急奔而歸則母病已篤越宿遂卒收殮甫畢爲捕役執去尹見其年少溫文竊疑誣枉故恐喝之生實述其交往

之由尹問何以暴富生曰母有藏鏹因欲親迎故治昏室耳尹信之具牒解郡鄰人知其無事以重金賂監者使殺諸途路經深山被曳近削壁將推墮之計逼情危時方急難忽一虎自叢莽中出嚙二役皆死銜生去至一處重樓疊閣虎入置之見雲蘿扶婢出淒然慰弔曰妾欲留君但母喪未卜窀穸可懷牒到郡自投保無恙也因取生胸前帶連結十餘扣囑云見官時拈此結而解之可以弭禍生如其教詣郡自投太守喜其誠信又稽牒知其冤銷名令歸至中途遇袁下騎執手備言情

況袁憤然作色默不一語生曰以君風采何自汚也袁曰某所殺皆不義之人所取皆非義之財不然卽遺於路者不拾也君教我固自佳然如君家鄰豈可置在人間耶言已超乘而去生歸殯母已柴門謝客忽一夜盜入鄰家父子十餘口盡行殺戮止留一婢席捲貲物與僮分攜之臨去執燈謂婢汝認之殺人者我也與人無涉並不啟關飛簷越壁而去明日告官疑生知情又捉生去邑宰詞色甚厲生上堂握帶且辨且解宰不能詰又釋之旣歸益自韜晦讀書不出一跛嫗執炊而已服

旣闋日掃階庭以待好音一日異香滿院登閣視之內外陳設煥然矣悄揭畫簾則公主凝妝坐急拜之女挽手曰君不信數遂使土木爲災又以苦塊之戚遲我三年琴瑟是急之而反以得緩天下事大抵然也生將出貲治具女曰勿復須婢探櫝肴羹熱如新出於鼎酒亦芳冽酌移時日已投暮足下踏婢漸都亡去女四肢嬌惰足股曲伸似無所着生狎抱之女曰君暫釋手今有兩道請君擇之生攬項問故曰若爲棋酒之交可得三十年聚首若作牀笫之歡可六年諧合耳君焉取生曰

六年後再商之女乃默然遂相燕好女曰妾固知君不免俗道此亦數也因使生蓄婢媪別居南院炊爨紡織以作生計北院中並無烟火惟棋枰酒具而已戶常闔生推之則自開他人不得入也然南院人作事勤惰女輒知之每使生往譴責無不具服女無繁言無響笑與有所談但俯首微哂每並肩坐喜斜倚人生舉而加諸膝輕如抱嬰生曰卿輕若此可作掌上舞曰此何難但婢子之所爲不屑耳飛燕原九姊侍兒屢以輕佻獲罪怒謫塵間又不守女子之貞今已幽之閣上以錦襪布

滿冬未嘗寒夏未嘗熱女嚴冬皆着輕縠生爲製鮮衣强使着之踰時解去曰塵濁之物幾於壓骨成勞一日抱諸膝上忽覺沉倍曩昔異之笑指腹曰此中有俗種矣過數日顰黛不食曰近病惡阻頗思烟火之味生乃爲具甘旨從此飲食遂不異於常人一日曰妾質單弱不任生產婢子樊英頗健可使代之乃脫衷服衣英閉諸室少頃聞兒啼啟扉視之男也喜曰此兒福相大器也因名大器繃納生懷俾付乳媪養諸南院女自免身腰細如初不食烟火矣忽辭生欲暫歸寧問返期荅以

三日鼓皮排如前狀遂不見至期不來積年餘音信全渺亦已絕望生鍵戶下幃遂領鄉薦終不肯娶每獨宿北院沐其餘芳一夜輾轉在榻忽見燈火射窗門亦自闢羣婢擁公主入生喜起問爽約之罪女曰妾未愆期天上二日半耳生得意自詡告以秋捷意主必喜女愀然曰烏用是儻來者爲無足榮辱止折人壽數耳三日不見入俗幛又深一層矣生由是不復進取過數月又欲歸寧生殊淒戀女曰此去定早還無煩穿望且人生離合皆有定數撙節之則長恣縱之則短也旣去月餘

即返從此一年半歲輒一行往往數月始還生習爲常亦不之怪又生一子女舉之曰豺狼也立命棄之生不忍而止名曰可棄甫周歲急爲卜婚諸媒接踵問其甲子皆謂不合曰吾欲爲狼子治一深圈竟不可得當令傾敗六七年亦數也囑生曰記取四年後侯氏生女左脇有小贅疣乃此兒婦當婚之勿較其門地也即令書而誌之後又歸寧不復返生每以所囑告親友果有侯氏女生有疣贅侯賤而行惡衆咸不齒生竟媒定焉大器十七歲及第娶雲氏夫妻皆孝友父鍾愛之可棄漸

長不喜讀輒偷與無賴博賭恒盜物償戲債父怒撻之卒不改相戒隄防無所得遂夜出小為穿窬為主所覺縛送邑宰宰審其姓氏以名刺送之歸父兄共縶之楚掠慘棘幾於絕氣兄代哀免始釋之父忿恚得疾食銳減乃為二子立析産書樓閣沃田悉歸大器可棄怨怒夜持刀入室將殺兄誤中嫂先是主有遺袴絕輕耎雲拾作寢衣可棄斫之火星四射大懼奔去父知病益劇數月尋卒可棄聞父死始歸兄善視之而可棄益肆年餘所分田産略盡赴郡訟兄官審知其人斥逐之兄弟

之好遂絕又踰年可棄二十有三侯女十五矣兄憶母言欲急為完婚召至家除佳宅與居迎婦入門以父遺良田悉登籍交之曰數頃薄産為若蒙死守之今悉相付吾弟無行寸草與之皆棄也此後成敗在於新婦若能令改行無憂凍餓不然兄亦不能填無底壑也侯雖小家女然固慧麗可棄雅畏愛之所言無敢違每出限以晷刻過期則詬厲不與飲食可棄以此少斂年餘生一子婦曰我以後無求於人矣膏腴數頃母子何患不溫飽無夫焉亦可也會可棄盜粟出賭婦知之彎弓於

門以拒之大懼避去竊婦入逡巡亦入婦操刀起可棄返奔婦逐砍之斷幅傷臀血沾襪履忿極往訴兄兄不禮焉冤慚而去過宿復至跪嫂哀泣求先容於婦婦決絕不納可棄怒將往殺婦兄不語可棄忿起操戈直出嫂愕然欲止之兄目禁之俟其去乃曰彼故作此態實不敢歸也使人覘之已入家門兄始色動將奔赴之而可棄已屏息出蓋可棄入家婦方弄兒望見之擲兒牀上覓得廚刀可棄懼曳戈反走婦逐出門外始返兄已得其情故詰之可棄不言惟向隅泣目盡腫兄憐之親

率之去婦乃納之俟兄出罰使長跪要以重誓而後以瓦盆賜之食自此改行爲善婦持籌握算日致豐盈可棄仰成而已後年七旬子孫滿前婦猶時捋白鬚使膝行焉

異史氏曰悍妻妬婦遭之者如疽附於骨死而後已豈不毒哉然砒附天下之至毒也苟得其用瞑眩大瘳非參苓所能及矣而非仙人洞見臟腑又烏敢以毒藥貽子孫哉

甄后

洛城劉中堪少鈍而淫於典籍恒杜門攻苦不與世通一日方讀忽聞異香滿室少間珮聲甚繁驚顧之有美人入簪珥光采從者皆宮粧劉驚伏地下美人扶之曰子何前倨而後恭也劉益惶恐曰何處天仙未曾拜識前此幾時有侮美人笑曰相別幾何遂爾懞懞危坐磨磚者非子也耶乃展錦薦設瑤漿促坐對飲與論今古之事博洽非常劉茫茫不知所對美人曰我只赴瑤池一回宴耳子歷幾生聰明頓盡矣遂命侍者以湯沃水晶膏進之劉受飲訖忽覺心神澄徹既而曛暮從者盡

去息燭解襦曲盡歡好未曙諸姬已復集美人起粧容如故鬢髮修整不再理也劉依依苦詰姓字答曰告郎不妨恐益君疑耳妾甄氏君公幹後身當日以妾故罹罪心實不忍今日之會亦聊以報癡情也問魏文安在曰丕不過賊父之庸子耳妾偶從富貴者游戲數載過即不置念慮彼曩以阿瞞故久滯幽冥今未聞知反是陳思爲帝典籍時一見之旋見龍輿止於庭中乃以玉指合贈劉作別登車雲推霧覆而去劉自是文思大進然追念美人凝想若癡歷數月漸近羸殆母不知其故

憂之家一老嫗忽謂劉曰郎君意頗有所思否劉以其言徵中不能隱應曰唯唯嫗言郎作尺一書我能郵致之劉驚喜曰子有異術向日昧於物色果能之不敢忘也折簡爲函付嫗便去半夜而返曰幸不悞事初登其門門者以我爲妖欲加縶繫我出郎君書彼乃將去少頃喚入夫人亦欷歔自言不能復會便欲裁荅我言郎君羸憊非一字所能瘳也夫人少沉思乃釋筆云煩先報劉郎當即送一佳婦去臨行又囑適所言乃百年之計但無妄傳便能永久劉喜伺之明日果有老姥率一女郎詣母所容色絕世自言陳氏女其所出名司香願求作婦母愛之議聘更不索貲坐待成禮而去惟劉心知其異陰問女係夫人何人荅云妾銅雀故伎也劉疑其爲鬼女曰非也妾與夫人俱隸仙籍偶以罪過謫墮人間夫人已復舊位妾謫限未滿夫人請之天曹暫使給役去留皆在夫人故得常侍牀簀耳一日有瞽媪牽黃犬丐食其家拍板俚歌女出窺立未定犬斷索咋女女駭走羅襟已斷劉以杖逐擊之犬猶怒齕斷幅頃刻碎嚼如麻瞽媪捉領毛縛之去劉入視女驚顏未定曰

卿仙人何乃畏犬曰君自不知犬乃老瞞所化蓋怒妾不守分香之戒也劉聞之欲買而杖斃之女曰不可上帝所罰何得擅誅居二年見者皆驚其艷而審所從來殊涉恍惚於是共疑為妖母詰劉劉亦微道其異母大懼戒使絶之劉不聽母陰覓術士來作法於庭方規地為壇女慘然曰本期白首今老母見疑自分義絶矣要我去亦復匪難而豈禁咒所能遣耶乃束薪爇火拋置堦下瞬息烟蔽房屋對面相失有聲震擊如雷既而烟滅見術士七竅流血而死入室則女已渺呼嫗問之嫗亦不知所之矣劉始告母嫗蓋狐也

異史氏曰始於袁終於曹而後注意於公幹仙人不應若是然平心而論奸瞞之篡子何必有貞婦哉犬睹故妓應大悟分香賣履之癡固猶然妬之耶嗚呼奸雄不暇自哀而後人哀之已

宦娘

溫如春秦之世家也少癖嗜琴雖逆旅未嘗暫舍客晉經由古寺繫馬門外將暫憩止入則有布衲道人趺坐廊間筇杖倚壁花布囊琴溫觸所好因問亦善此耶道

人云顧不能工願就善者學之耳遂脫囊授溫溫視之紋理佳妙略一勾撥清越異常喜爲撫一短曲道人微笑似未許可溫乃竭盡所長道人哂曰亦佳亦佳但未足爲貧道師也溫以其言夸轉請之道人接置膝上裁撥動覺和風自來又頃之百鳥羣集庭樹爲滿溫驚極拜請受業道人三復之溫側耳傾心稍稍會其節奏道人試使彈點正疎節曰此塵間已無對矣溫由是精心刻畫遂稱絕技後歸秦離家數十里日已暮暴雨莫可投止路傍有小村趨之不遑審擇見一門匆匆遽入登

其堂闃若無人俄一女郎出年十七八貌類神仙舉首見客驚而走入溫時未耦繫情殊深俄一老嫗出問客溫道姓名兼求寄宿嫗言宿當不妨但少牀榻不嫌屈體可藉藁少選以燭來展草鋪地意良殷問其姓氏荅云趙姓又問女郎何人曰此宦娘老身之猶子也溫曰不揣寒陋欲求援繫如何嫗顰蹙曰此即不敢應命溫詰其故但云難言悵然遂罷嫗既去溫視藉草腐溼不堪臥處因危坐鼓琴以消永夜雨既歇冒雨遂歸邑有林下部郎葛公喜文士溫偶詣之受命彈琴簾內隱約

有眷客窺聽忽風動簾開見一及笄人麗絶一世葢公有女小字良工善詞賦有艷名溫心動歸與母言媒通之而葛以溫勢式微不許然女自聞琴後心竊傾慕每冀再聆雅奏而溫以姻事不諧志乖意沮絶跡於葛氏之門矣一日女於園中拾得舊箋一折上書惜餘春詞云因恨成癡轉思作想日日爲情顛倒海棠帶醉楊柳傷春同是一般懷抱甚得新愁舊愁剗盡還生便如青草自別離只在奈何天裏度將昏曉今日箇蹙損春山望穿秋水道棄已拚棄了芳衾妬夢玉漏驚魂要睡何

能睡好漫說長宵似年儂視一年比更猶少過三更已是三年更有何人不老女吟咏數四心好之懷歸出錦箋莊書一通置案間踰時索之不可得竊意爲風飄去適葛經閨門過拾之謂良工作惡其詞蕩火之而未忍言欲急醮之臨邑劉方伯之公子適來問名心善之而猶欲一睹其人公子盛服而至儀容秀美葛大悅款延優渥既而告別坐下遺女舃一鈎心頓惡其儇薄因呼媒而告以故公子亟辯其誣葛弗聽卒絶之先是葛有綠菊種吝不傳良工以植閨中溫庭菊忽有一二株化

爲綠同人聞之輒造廬觀賞溫亦寶之凌晨趨視於畦畔得箋寫惜餘春詞反覆披讀不知其所自至以春爲巳名益惑之卽案頭細加丹黃評語褻嫚適葛聞溫菊變綠訝之躬詣其齋見詞便取展讀溫以其評褻奪而挼莎之葛僅睹一兩句盖卽閨門所拾者也大疑並綠菊之種亦猜爲良工所贈歸告夫人使逼詰良工良工涕欲死而事無驗見莫可取實夫人恐其迹益彰計不如以女歸溫葛然之遙致溫溫喜極是日招客爲綠菊之宴焚香彈琴良夜方罷旣歸寢齋僮聞琴自作聲初

以爲僚僕之戲也旣知其非人始白溫溫自詣之果不妄其聲梗澁似將效巳而未能者爇火暴入杳無所見溫攜琴去則終夜寂然因意爲狐固知其願拜門牆也者遂每夕爲奏一曲而設絃任操若爲師夜夜潛伏聽之至六七夜居然成曲雅足聽聞溫旣親迎各述曩詞始知締好之由而終不知所由來良工聞琴鳴之異往聽焉曰此非狐也調悽楚有鬼聲溫未深信良工因言其家有古鏡可鑑魑魅翊日遣人取至伺琴聲旣作握鏡遽入火之果有女子在倉皇室隅莫能復隱細審之

趙氏之宦娘也大駭窮詰之泫然曰代作蹇修不爲無德何相逼之甚也溫請去鏡約勿避諸之乃囊鏡女遙坐曰妾太守之女死百年矣少喜琴箏箏已頗能諳之獨此技未有嫡傳重泉猶以爲憾惠顧時得聆雅奏傾心向往又恨以異物不能奉衣裳陰爲君脇合佳偶以報眷顧之情劉公子之女鳥惜餘春之俚詞皆妾爲之也酬師者不可謂不勞矣夫妻咸拜謝之宦娘曰君之業妾思過半矣但未盡其神理請爲妾再鼓之溫如其請又曲陳其法宦娘大悅曰妾已盡得之矣乃起辭欲去良工故善箏聞其所長願一披聆宦娘不辭其調其譜並非塵世所能良工擊節轉請受業女命筆爲繪譜十八章又起告別夫妻挽之良苦宦娘悽然曰君琴瑟之好自相知音薄命人烏有此福如有緣再世可相聚耳因以一卷授溫曰此妾小像如不忘媒妁當懸之臥室快意時焚香一炷對鼓一曲則兒身受之矣出門遂沒

阿繡

海州劉子固十五歲時至蓋省其舅見雜貨肆中一女

子姣麗無雙心愛好之潛至其肆托言買扇女子便呼其父父出劉意沮故折閱之而退遙覷其父他往又趨之女將覓父劉止之曰無須但言其價我不靳直耳女如言故昂之劉不忍爭脫貫逕去明日復往又如之行數武女追呼曰反來適僞言耳價奢過當因以半價返之劉益感其誠蹈隙輒往由是日熟女問郎君何所以實對轉詰之自言姚氏臨行所市物女以紙代裹完好已而以舌舐粘之劉懷歸不敢復動恐亂其舌痕積半月爲僕所窺陰與舅力要之歸意惓惓不自得以所市

香帕脂粉等類密置一篋無人時輒闔戶自檢一過觸類凝思次年復至蓋囊裝甫解即趨女所至則四宇闔焉失望而返猶意暫出未復蚤起又赴之扃如故問諸鄰居始知姚原廣寧人以貿易無重息故暫歸去又不審何時可以復來神志乖喪居數日怏怏而歸爲之卜婚屢梗母議母怪怒之僕私以曩情告母母益防閑之蓋之途由是遂絕劉忽忽不樂減食廢學母憂思無計念不如從其志於是刻日辦裝使如蓋轉寄語舅媒合之舅承命詣姚踰時而返謂劉曰事不諧矣阿繡已字

廣寧人劉低頭喪志心灰望絕既歸捧篋啜泣而徘徊
癡念冀天下有似之者適媒來艷稱復州黃氏女劉恐
不確命駕至復入西門見北向一家兩扉半開內一女
郎怪似阿繡再屬目之且行且盼而入直是無訛劉大
動疑因僦居東鄰細詰其家爲李氏反復凝念天下寧
有如此相似者耶居之數日莫可夤緣惟目眈眈伺候
於其門以冀女郎復出一日日方夕女果出忽見劉郎
反身掩扉以手指其後又復掌及額乃入劉喜極但不
能解凝想移時信步詣舍後見荒園寥廓西有短垣畧

可及肩豁然頓悟遂蹲伏露草中久之有人自牆上露
其首小語曰來乎劉諾而起細視眞阿繡也因而大慟
涕墮如綆女隔堵探身以巾拭其淚所以慰藉之良殷
劉曰百計不遂自謂今生已已何意復有今夕顧卿何
至此曰李氏妾表叔也劉請踰垣女曰君先歸遣從人
他宿妾當自至劉如其教坐伺之少間女悄然入妝飾
不甚炫麗袍袴猶昔劉挽坐備道艱苦因問卿已字
何未醮也女曰言妾受聘者妄也家君以道里賒遠不
願附公子爲婚姻此或舅氏託言以絕君望耳既就枕

席欵接之懽不可言喻四更遽起過牆而去劉自是如
復之初念悉忘而旅居半月絕不言歸一夜僕起飼馬
見室中燈燭猶明竊之望見阿繡大駭不敢詰主且訪
市肆始反而詰劉曰夜與往還者何人也劉初諱之僕
曰此第岑寂鬼狐之藪公子亦宜自愛彼姚家女郎何
爲而至於此劉始赧然曰西鄰其表叔有何疑沮僕言
我已訪之最審東鄰止一孤媼西家一子尚幼別無密
戚所遇當是鬼魅不然焉有數年之衣尚未易者且其
面色過白兩頰少瘦笑處無微渦不如阿繡美劉反覆

回思乃大懼曰且爲奈何僕謀俟其來操兵入擊之至
暮女至謂劉曰知君見疑然妾亦無他不過了此夙分
耳言未已僕排闥驟入女呵曰可棄而兵速具酒與主
人言別僕自投其刃若或奪焉劉益恐強設酒饌女談
笑如常謂劉曰悉君心事方且圖效綿薄何勞伏戎妾
雖非阿繡頗自謂不亞之君視之猶否耶劉身毛俱豎
默不得語女聽漏三催把琖一呷起曰我且去待花燭
後再與君家美人較優劣也轉身遂杳劉信狐言逕如
蒸怨舅之誑己也亦不舍於其家寓近姚氏託媒自通

啗以重賂姚妻言小郎爲覓壻於廣寧若翁以是故去就否良不可知須彼旋時方可作計較劉聞之徊徨無以自主惟堅守以伺其歸踰十餘日忽聞兵警猶以訛傳自解又久之信益急乃趣裝行中途遇亂主僕相失爲偵者所擄以劉文弱疎其防盜馬亡去至海州界見一女子蓬鬢垢耳步履蹉跌劉馳過之女子呼曰馬上劉郎非乎劉停鞭審顧葢阿繡也心仍訝其爲狐曰汝眞阿繡耶女問何出此言劉述所遇女曰妾眞阿繡非贗者父攜妾自廣寧歸遇變被虜授馬屢墮忽一女

子握腕趣遁荒竄軍中亦無詰者女子健步若駛苦不能從百步而屣屢褪焉久之聞號嘶漸遠乃釋手曰別矣前皆坦途可緩行愛汝者將至宜與同歸劉知是狐感之因述其畱葢之故女言其叔爲擇壻於方氏未委禽而亂適作劉始知舅言非妄攜女馬上疊騎歸入門則老母無恙大喜繫馬而入述所自來母亦喜爲之盥濯粧竟容光煥發益喜曰無怪癡兒魂夢不忘也遂設裀褥使從已宿又遣人赴葢寓書於姚不數日姚夫婦俱至卜吉成禮乃去劉藏篋舊封儼然有粉一函啟之

化爲赤土異之女掩口曰數年之盜今始發覺矣爾日見郎任妾包裹更不審及眞僞故以此相戲耳方笑嬉間一人搴簾入曰快意如此當謝蹇修矣劉視之又一阿繡也急呼母母及家人悉集無有能辨識者劉回首亦迷注目移時始揖而謝之女子索鏡自照赧然趨出尋之已渺矣夫妻感其義爲位於室而祀之一夕劉醉歸室暗無人方自挑燈而阿繡至劉挽問何之笑曰酒臭熏人使人不耐如此盤詰誰作桑中逃耶劉笑捧其頰女曰郎視妾與狐姊孰勝劉曰卿過之然皮相者不

能辨也已而闔扉相狎俄有叩關者女起笑曰君亦相皮者也劉不解趨啟門則阿繡入大愕始悟適與語者狐也暗中猶聞笑聲夫妻望空而禱祈求現相狐曰我不願見阿繡問何不另化一貌曰我不能問何故不能曰阿繡吾妹也前世不幸夭殂生時與余從母至天宮見西王母心竊愛慕歸則刻意效之妹子較我慧一月神似我學三年而後成然終不及也今已隔世自謂過之不意猶昔耳我感汝兩人誠意故時一相過今且去矣遂不復言自此三五日輒一來一切疑難悉決之値

阿繡歸寧來常數日不去家人皆懼避之有亡失則華妝端坐插玳瑁簪數寸長朝家人而莊語之所竊物夜當送至某所不然頭痛大作勿悔天明果於某所得之三年後絕不復來偶失金帛阿繡效其裝束以嚇家人亦屢效焉

小翠

王太常越人總角時晝臥榻上忽陰晦巨霆暴作一物大於猫來伏身下展轉不離移時晴霽物即逕去視之非猫始怖隔房呼兄兄聞喜曰弟必大貴此狐來避雷霆劫也後果少年登進士以縣令入為侍御生一子元豐絕癡十六歲不能知牝牡因而鄉黨無與為婚王憂之適有婦人率少女登門自請為婦視其女嫣然展笑真仙品也喜問姓名自言虞氏女小翠年二八矣與議聘金曰是從我糠覈不得飽一旦置身廣廈役婢僕厭膏粱彼意適我願慰矣豈賣菜也而索直乎夫人悅優厚之婦即命女拜王及夫人囑曰此爾翁姑奉事宜謹我大忙且去三數日當復來王命僕馬送之婦言鄉里不遠無煩多事遂出門去小翠殊不悲戀便即奩中翻

取花樣夫人亦愛樂之數日婦不至以居里問女女亦憨然不能言其道路遂治別院使夫婦成禮諸戚聞拾得貧賤家兒作新婦共笑姍之見女皆驚羣議始息女又甚慧能窺翁姑喜怒王公夫婦寵惜過於常情然惕惕焉惟恐其憎子癡而女殊懽笑不爲嫌茀善謔刺布作圓蹋蹴爲笑着小皮靴蹴去數十步紿公子奔拾之公子及婢恒流汗相屬一日王偶過圓硧然來直中面目女與婢俱斂迹去公子猶踴躍奔逐之王怒投之以石始伏而啼王以狀告夫人夫人往責女女惟俛首微

笑以手刓牀既退憨跳如故以脂粉塗公子作花面如鬼夫人見之怒甚呼女詬罵女倚几弄帶不懼亦不言夫人無奈之因杖其子元豐大號女始色變屈膝乞宥夫人怒頓解釋杖去女笑拉公子公子入室代撲衣上塵拭眼淚摩挲杖痕餌以棗栗公子乃收涕以忻女闔戶復裝公子作霸王作沙漠人已乃豔服束細腰扮虞美人婆娑作帳下舞或髻插雉尾撥琵琶丁丁縷縷然喧笑一室日以爲常王公以子癡不忍過責婦即微聞焉亦若置之同巷有王給諫者相隔十餘戶然素不相

能時值三年大計吏忌公握河南道篆思中傷之公知其謀憂慮無爲計一夕早寢女冠帶飾冢宰狀翦素絲作濃髭又以青衣飾兩婢爲虞候竊跨廄馬而出戲云將謁王先生馳至給諫之門卽又以鞭撻從人言曰我謁侍御王寧謁給諫王耶回轡而歸比至家門門者悞以爲眞奔白王公公急起承迎方知爲子婦之戲怒甚謂夫人曰人方蹈我之瑕反以閨閣之醜登門而告之余禍不遠矣夫人怒奔女室詬讓之女惟憨笑並不置詞撻之不忍出之則無家夫妻懊怨終夜不寢時冢宰某公赫甚其儀采服從與女僞裝無少殊别王給諫亦悞爲眞屢偵公門中夜而客未出疑冢宰與公有陰謀次日早朝見而問曰昨夜相公至君家耶公疑其相譏慙顏唯唯不甚響荅給諫愈疑謀遂寢由此益交驩公探知其情竊喜而陰囑夫人勸女改行女笑應之逾歲首相免適有以私函致公者誤投給諫給諫大喜先託善公者往假萬金公拒之給諫自詣公所公覓巾袍並不可得給諫伺候久怒公慢憤將行忽見公子衮衣旒冕有女子自門內推之以出大駭已笑撫之脫其服

晃襆之而去公急出則客去已遠聞其故驚顏如土大哭曰此禍水也指日赤吾族矣與夫人操杖往女已知之闔扉任其詬厲公怒斧其門女在內含笑而告翁無怒有新婦在刀鋸斧鉞婦自受之必不令貽害雙親翁若此是欲殺婦以滅口耶公乃止給諫歸果抗疏揭王不軌衮冕作據上驚驗之其旒冕乃粱藍心所製袍則敗布黃袱也上怒其誣又召元豐至見其憨狀可掬笑曰此可以作天子耶乃下之法司給諫又訟公家有妖人法司嚴詰臧獲並言無他惟顛婦癡兒日事戲笑鄰里亦無異詞案乃定以給諫充雲南軍王由是奇女又以母久不至意其非人使夫人探詰之女但笑不言再復窮問則掩口曰兒玉皇女母不知耶無何公擢京卿五十餘每患無孫女居三年夜夜與公子異寢似未嘗有所私夫人舁榻去囑公子與婦同寢過數日公子告母曰借榻去悍不還小翠夜夜以足股加腹上喘氣不得又慣掐人股裏婢嫗無不粲然夫人訶拍令去一日女浴於室公子見之欲與偕笑止之諭使姑待既出乃更瀉熱湯於甕解其袍袴與婢扶入之公子覺蒸悶大

呼欲出女不聽以衾蒙之少時無聲啟視已死女坦笑不驚曳置牀上拭體乾潔加複被焉夫人聞之哭而入罵曰狂婢何殺吾兒女囅然曰如此癡兒不如無有夫人益恚以首觸女婢輩爭曳勸之方紛譟間一婢告曰公子呻矣夫人輟涕撫之則氣息休休而大汗浸淫沾浹裀褥食頃汗已忽開目四顧徧視家人似不相識曰我今回憶往昔都如夢寐何也夫人以其言不癡大異之攜參其父屢試之果不癡大喜如獲異寶乃還榻故處更設衾枕以覘之公子入室盡遣婢去早窺之則榻

虛設自此癡顛皆不復作而琴瑟靜好如形影焉年餘公爲給諫之黨奏劾免官小有罣悮舊有廣西中丞所贈玉瓶價累千金將出以賄當路女愛而把玩之失手墮碎慚而自投公夫婦方以免官不快聞之怒交口呵罵女忿而出謂公子曰我在汝家所保全者不止一瓶何遂不少存面目實與君言我非人也以母遭雷霆之劫深受而翁庇翼又以我兩人有五年夙分故以我來報曩恩了宿願耳身受唾罵擢髮不足以數所以不即行者五年之愛未盈今何可以暫止乎盛氣而出追之

已杳公爽然自失而悔無及矣公子入室睹其賸粉遺
鈠慟哭欲死寢食不甘日就羸悴公大憂急爲膠續以
解而公子不樂惟求良工畫小翠像日夜澆禱其下幾
二年偶以故自他里歸明月已皎村外有公家亭園騎
馬經牆外過聞笑聲停轡使廐卒捉鞚登鞍以望則二
女郎遨戲其中雲月昏濛不甚可辨但聞一翠衣者曰
婢子當逐出門一紅衣者曰汝在吾家園亭反逐阿誰
翠衣人曰婢子不羞不能作婦被人驅遣猶冒認物產
耶紅衣者曰索勝老大婢無主顧者聽其音酷類小翠

疾呼之翠衣人去曰姑不與若爭汝漢子來旣而紅衣
人來果翠也喜極女令登垣承接而下之曰二年不見
瘦骨一把矣公子握手泣下具道相思女言妾亦知之
但無顏復見家門今與大姊遊戲又相邂逅足知前因
不可逃也請與同歸不可請止園中許之遣僕奔白夫
人夫人驚起駕肩輿而往啟鑰入亭女趨下迎拜夫人
捉臂流涕力白前過幾不自容曰若不少記榛梗請偕
歸慰我遲暮女峻辭不可夫人慮野亭荒寂謀以多人
服役女曰我諸人悉不願見惟前兩婢朝夕相從不能

無脊注耳外惟一老僕應門餘都無所復須悉如其言托公子養痾園中日供食用而已女每勸公子别婚公子不從後年餘女眉目音聲漸與曩異出像質之逈若兩人大怪之女曰視妾今日何如疇昔矣公子曰今日美則美然較昔則似不如女曰意妾老矣公子曰二十餘歲人何得速老女笑而焚圖救之已燼一日謂公子曰昔在家時阿姑謂妾抵死不作繭今親老君孤妾實不能產育恐悞君宗嗣請娶婦於家旦晚奉翁姑君往來於兩間亦無所不便公子然之納幣於鍾太史之家

吉期將至女爲新人製衣履賫送母所及新人入門則言貌舉止與小翠無毫髮之異大奇之往至園亭則女已不知所在問婢婢出紅巾曰娘子暫歸寧留此貽公子展巾則結玉玦一枚心已知其不返遂攜婢俱歸雖頃刻不忘小翠幸而對新人如覿故好焉始悟鍾氏之姻女預知之故先化其貌以慰他日之思云

異史氏曰一狐也以無心之德而猶思所報而身受再造之福者顧失聲於破甑何其鄙哉月缺重圓從容而去始知仙人之情亦更深於流俗也

細柳

細柳娘中都之士人女也或以其腰嬝可愛戲呼之細柳云柳少慧解文字喜讀相人書生平簡默未嘗言人臧否但有問名者必求一親窺其人閱人甚多但言未可而年十九矣父母怒之曰天下迄無良匹汝將以丫角老耶女曰我實欲以人勝天顧久而不就亦吾命也今而後請惟父母之命是聽時有高生者世家名士聞細柳之名委禽焉既醮夫妻甚得生前室有遺孤小字長福時五歲女撫養周至女或歸寧福輒號啼從之呵遣所不能止年餘女產一子名之長怙生問命名之義荅言無他但望其長依膝下耳女於女紅疎畧常不屑意而於畝之東南稅之多寡按籍而問惟恐不詳久之謂生曰家中事請置無顧待妾自爲之不知可當家否生如言半載而家無廢事生亦賢之一日生赴鄰村飲適有追逋賦者打門而誶遣奴慰之弗去乃趣僮召生歸隸既去生笑曰細柳今始知慧女不若癡男耶女聞之俯首而哭生驚挽而勸之女終不樂生不忍以家政累之仍欲自任女又不肯晨興夜寐經紀彌勤每先一

年卽儲來歲之賦以故終歲未嘗見催租者一至其門又以此法計衣食由此用度益紓於是生乃大喜嘗戲之曰細柳何細哉眉細腰細凌波細且喜心思更細女對曰高郎誠高矣品高志高文字高但願壽數尤高村中有貨美材者女不惜重直致之價不能足又多方乞貸於戚里生以其不急之物固止之卒弗聽蓄之年餘里有喪者以倍貲贖諸其門生利而謀諸女女不可問其故不語再問之熒熒欲涕心異之然不忍重拂焉乃罷又踰歲生年二十有五女禁不令遠遊歸稍晚童僕

吉期將至女爲新人製衣履賚送母所及新人入門則言貌舉止與小翠無毫髮之異大奇之往至園亭則女已不知所在問婢婢出紅巾曰娘子暫歸寧留此貽公子展巾則結玉玦一枚心已知其不返遂攜婢俱歸雖頃刻不忘小翠幸而對新人如覿故好焉始悟鍾氏之姻女預知之故先化其貌以慰他日之思云

異史氏曰一狐也以無心之德而猶思所報而身受再造之福者顧失聲於破甑何其鄙哉月缺重圓從容而去始知仙人之情亦更深於流俗也

足無履冷雨沾濡縮頭如丐里人見而憐之納繼室者
皆引細娘爲戒嘖有煩言女亦稍稍聞之而漠不爲意
福不堪其苦棄家逃去女亦任之殊不追問積數月乞
食無所憔悴自歸不敢遽入哀鄰嫗往白母女曰若能
受百杖可來見不然早復去福聞之驟入痛哭願受杖
母問今知悔乎曰悔矣曰既知悔無須撻楚可安分牧
豕再犯不宥福大哭曰願受百杖請復讀女不聽鄰嫗
慫恿之始納焉濯膚授衣令與弟怙同師勤身銳慮大
異往昔三年游泮中丞楊公見其文而器之月給常廪

以助燈火怙最鈍讀數年不能記姓名母令棄卷而農
怙遊閒憚於作苦母怒曰四民各有本業既不能讀又
不欲耕寧不溝瘠死耶立杖之由是率奴輩耕作一朝
晏起則詬罵從之而衣服飲食母輒以美者歸兄怙雖
不敢言而心竊不能平農工既畢母出貲使學負販怙
淫賭入手喪敗詭托盜賊運數以欺其母母覺之杖責
瀕死福長跪哀乞願以身代怒始解自是一出門母輒
探察之怙行稍斂而非其心之所得已也一日請母將
從諸賈入洛實借遠游以快所欲而中心惕惕惟恐不

遂所請母聞之殊無疑慮即出碎金三十兩爲之具裝末又以鋌金一枚付之曰此乃祖宦囊之遺不可用去聊以壓裝備急可耳且汝初學跋涉亦不敢望重息只此三十金得無虧負足矣臨行又囑之怙諾而出忻忻意自得至洛謝絕客侶宿名娼李姬之家凡十餘夕散金漸盡自以巨金在橐初不以空匱爲慮及取而斫之則僞金耳大駭失色李媼見其狀冷語侵客怙心不自安然囊空無所向往猶冀姬念夙好不即絕之俄有二人握索入縶項領驚懼不知所爲哀問其故則姬已

竊僞金去首公庭矣至官不容置詞梏掠幾死收獄中又無資斧大爲獄吏所虐乞食於囚苟延餘息初怙之行也母謂福曰記取廿日後當遣汝至洛我事煩恐忽忘之福請所謂黯然欲悲不敢復請而退廿日而問之歎曰汝弟今日之浮蕩猶汝昔日之廢學也我不冒惡名汝何以有今日人皆謂我忍但淚浮枕簟而人不知耳因泣下福侍立敬聽不敢研詰泣已乃曰汝弟蕩心不死故授之僞金以挫折之今度已在縲絏矣中丞待汝厚汝往求焉可以脫其死難而生其愧悔也福立刻

而發比入洛則弟被逮已三日矣即獄中而望之怙奄然面目如鬼見兄涕不敢仰福亦哭時福爲中丞所寵異故遐邇皆知其名邑宰知爲怙兄急釋怙至家猶恐母怒膝行而前母顧曰汝願遂耶怙零涕不敢復作聲福亦同跪母始叱之起由是痛自悔家中諸務經理維勤即偶惰母亦不呵問之凡數月並不與言商賈意欲自請而不敢以意告兄母聞而喜并力質貸而付之半載而息倍焉是年福秋捷又三年登第弟貨殖累巨萬矣邑有客洛者窺見太夫人年四旬猶若三十許人而衣妝樸素類常家云

異史氏曰黑心符出蘆花變生古與今如一邱之貉良可哀也或有避其謗者又每矯枉過正至坐視兒女之放縱而不一置問其視虐遇者幾何哉獨是日撻所生而人不以爲暴施之異腹兒則指摘叢之矣夫細柳固非獨忍於前子也然使所出而賢亦何能出此心以自白於天下而乃不引嫌不辭謗卒使二子一貴一富表表於世此無論閨闥當亦丈夫之錚錚者矣

鍾生

鍾慶餘遼東名士也應南鄉舉聞藩邸有道士知人休咎心向往之二場後至趵突泉適相値年六十餘鬚長過腹皤然道人也集問災祥者如堵道士悉以微詞授之於衆中見生忻與握手曰君心術德行可敬也挽登閣上屏人語因問莫欲知將來否曰唯唯曰子福命至薄然今科鄉舉可望但榮歸後恐不復見尊堂矣鍾性至孝聞之涕下遂欲不試而歸道士曰若過此以往一榜亦不可得矣生云母死不見且不可復爲人貴爲卿相何加焉道士曰某夙世與君有緣今日必合盡力乃

以丸授之曰可遣人夙夜將去服之可延七日場畢而行母子猶及見也生藏之匆匆而去神志喪失因計終天有期早歸一日則多得一日之奉養攜僕貰驢卽刻東邁馳里許驢忽反奔鞭之不馴控之則蹶生無計躁汗如雨僕勸止之生不聽又貰他驢亦如之日已銜山莫知爲計僕又勸曰明日卽完場矣何爭此一朝夕乎請卽先主而行計亦良得不得已從之次日草草竣事立時遂發不遑啜息星馳而歸則母病綿惙下丹藥漸就痊可入視之就榻泫泣母搖手止之執手喜曰適夢

之陰司見王者顏色和霽謂稽爾生平無大罪惡今念汝子純孝賜壽一紀生亦喜數日果平健如故未幾聞捷辭母如濟因賂內監致意道士道士忻然出生便伏謁道士曰君既高捷太夫人又增壽數此皆盛德所致道人何力焉生又訝其預知因而拜問終身道士云君無大貴但得耄耋足矣君前身與我爲僧侶以石投犬悞斃一蛙今已投生爲驢論前定數君當橫折今孝德感神已有解星入命固當無恙但夫人前世爲婦不貞數應少寡今君以德延壽非其所偶恐歲後瑤臺傾也

生惻然良久問繼室所在曰在中州今十四歲矣臨別囑曰倘遇危急宜奔東南後年餘妻病果死鍾舅令於西江母遣往省即以便途過中州將應繼室之讖偶適一村值臨河優戲士女甚雜方欲整轡趨過有一失勒牡驢隨之而行致騾蹄趹生回首以鞭擊驢耳驢驚大奔時有王世子方六七歲乳媼抱坐堤上驢沖過扈從皆不及防擠墮河中衆大譁欲執之生縱騾絕馳頓憶道士言極力趨東南約二十餘里入一山村有叟在門下騎揖之叟邀入自言方姓便詰所來生叩伏在地具

以情告叟言不妨請即寄居此間嘗使徼者去至晚得耗始知爲世子叟大駭曰他家可以爲力此眞愛莫助之矣生哀不已叟籌思曰不可爲也請過宵聽其緩急尚可再謀生愁怖終夜不枕次日偵聽則已行牒譏察收藏者棄市叟有難色無言而入生疑懼無以自安中夜叟來叩扉入少坐便問夫人年幾何矣生以鰥對叟喜曰吾謀濟矣問之荅云姊夫慕道挂錫南山姊又謝世遺有孤女從僕鞠養亦頗慧以奉箕帚如何生喜符道士之言而又冀親戚密邇可以得其周謀曰小生誠

幸矣但遠方罪人深恐貽累丈人叟曰即此爲君謀也姊夫道術頗神但久不與人事矣合巹後自與甥女籌之必合有計生益喜贅焉女十六歲艷絕無雙生每對之欷歔女云妾即陋何遂遽見嫌惡生謝曰娘子仙人相耦爲幸但有禍患恐致乖違因以實告女怨舅乃非人此彌天之禍不可爲謀乃不明言而陷我於坎窞生長跽曰此小生以死命哀舅舅慈悲而窮於術知卿能生死人而肉白骨也某誠不足稱好逑然家門幸不辱寞倘得再生香花供養有日耳女歎曰事已至此復何

辭然父自削髮招提見女之愛已絕無已同往哀之恐擔挫辱不淺也乃一夜不寐以氊綿厚作蔽膝各以隱着衣底然後喚肩輿入南山十餘里山遙拗折絕險不復可乘下輿女跬步甚艱生挽臂曳扶竭蹶始得上達不遠卽見山門共坐少憩女喘汗淫淫粉黛交下生見之情不可忍曰爲某故遂使卿罹此苦女愀然曰恐此尚未是苦困少蘇相將入蘭若禮佛而進曲折入禪堂見老僧趺坐目若瞑一僮執拂侍之方丈中掃除光潔而座前悉布沙礫密如星宿女不敢擇入跪其上生亦

從諸其後僧開目一瞻卽復合去女叅曰久不定省今女已嫁故偕壻來僧久之啟視曰妮子大累人卽不復言夫妻跪良久筋力俱殆沙石將壓入骨痛不可支又移時乃言曰將騾來未女荅言未曰夫妻卽去可速將來二人拜而起狼狽而行既歸謹如其命不解其意但伏聽之過數日相傳罪人已得伏誅訖夫妻相慶無何山中遣僮來以斷杖付生云代死者此君也更囑瘞祭以解竹木之寃生視之斷處有血痕焉乃祝而葬之夫妻不敢久居星夜歸遼陽

夢狼

白翁直隷人長子甲筮仕南服二年道遠苦無耗適有瓜葛丁姓造謁翁以其久不至欵之丁素走無常談次翁輒問以冥事丁對語涉幻翁不深信但微哂之既別後數日翁方臥見丁復來邀與同遊從之去入一城闕移時丁指一門曰此間君家甥也時翁有姊子爲晉令訝曰烏在此丁曰倘不爲信入便知之翁入果見甥蟬冠豸繡坐堂上戟幢行列無人可通丁曳之出曰公子衙署去此不遠得無亦願見之否翁諾少間至一第丁

曰入之窺其門見一巨狼當道大懼不敢進丁又曰入之又入一門見堂上堂下坐者臥者皆狼也又視墀中白骨如山益懼丁乃以身翼翁而進公子甲方自內出見父及丁良喜少坐喚侍者治肴蔌忽一巨狼銜死人入翁戰惕而起曰此胡爲者甲曰聊充庖廚翁急止之心怔忡不寧辭欲出而羣狼阻道進退方無所主忽見諸狼紛然嗥避或竄牀下或伏几底錯愕不解其故俄有兩金甲猛士努目入出黑索索甲甲撲地化爲虎牙齒巉巉一人出利劍欲梟其首一人曰且勿且勿此明

年四月間事不如姑蔽齒去乃出巨錘錘齒齒零落墮地虎大吼聲震山岳翁大懼忽醒乃知其夢心異之遣人招丁丁辭不至翁乃誌其夢使次子詣甲函戒哀切旣至見兄門齒盡豁駭而問之則醉中墜馬所折考其時則父夢之日也益駭出父書甲讀之變色爲間曰此幻夢之適符耳何足怪時方賂當路者得首薦故不以妖夢爲意弟居數日見其蠹役滿堂納賄關說者中夜不絕流涕諫止之甲曰弟日居衡茅故不知仕途之關竅耳黜陟之權在上臺不在百姓上臺喜便是好官愛

百姓何術復令上臺喜也弟知不可勸止遂歸悉以告翁翁聞之大哭無可如何惟捐家濟貧日禱於神但求逆子之報不累妻孥次年報甲以薦舉作吏部賀者盈門翁惟欷歔伏枕托疾不見一客未幾聞子歸途遇寇主僕殞命翁乃起謂人曰鬼神之怒止及其身祐我家者不可謂不厚也因焚香而報謝之慰藉翁者咸以爲道路之訛而翁殊深信不疑刻日爲之營兆而甲固未死先是四月間甲解任甫離境卽遇寇甲傾裝以獻之諸寇曰我等之來爲一邑之民洩冤憤耳寧專爲此哉

遂決其首又問家人有司大成者誰是司故甲腹心助桀爲虐者家人共指之賊亦決之吏有蠹役四人甲聚斂臣也將攜入都並搜決訖始分貲入囊鶩馳而去甲魂伏道旁見一宰官過問殺者何人前驅者報曰某縣白知縣也宰官曰此白某之子不宜使老後見此凶慘宜續其頭即有一人掇頭置腔上曰邪人不宜使正以肩承領可也遂去移時復甦妻子往收其尸見有餘息載之以行從容灌之亦受飮但寄旅邸貧不能歸半年許翁始得確耗遣次子致之而歸甲雖復生而目能自顧其背不復齒人數矣翁姊子有政聲是年行取爲御史悉符所夢

異史氏曰竊歎天下之官虎而吏狼者比比也即官不爲虎而吏且將爲狼況有猛於虎者耶夫人患不能自顧其後耳甦而使之自顧鬼神之教微矣哉

天宮

郭生京都人年二十餘儀容脩美一日薄暮有老嫗貽尊酒怪其無因嫗笑曰無須問但飮之自有佳境遂逕去揭尊徽嗅洌香四射遂飮之忽大醉冥然罔覺及醒

則與一人並枕臥撫之膚膩如脂麝蘭噴溢女子也問之不荅遂與交交已以手捫壁壁皆石陰陰有土氣酷類墳冢大驚疑爲鬼迷因問女子卿何神也女曰我非神乃仙耳此是洞府與有夙緣勿相訝但耐居之再入一重門有漏光處可以溲便既而女起閉戶而去久之腹餒遂有女僮來餉以麵餅鴨臛使捫索而啖之黑漆不知昏曉無何女子來寢始知夜矣郭曰晝無天日夜無燈火食炙不知口處常常如此則姮娥何殊於羅刹天堂何別於地獄哉女笑曰爲爾俗中人多言喜泄故不欲形色相見且暗摸索妍媸亦當有別何必燈燭居數日幽悶異常屢請暫歸女曰來夕與君一遊天宮便卽爲別次日忽有小鬟籠燈入曰娘子伺郞久矣從之出星斗光中但見樓閣無數經幾曲畫廊始至一處堂上垂珠簾燒巨燭如晝入則美人華妝南向坐年約二十許錦袍眩目頭上明珠翹顫四垂地下皆設短燭裙底皆照誠天人也郭迷亂失次不覺曲膝女令婢扶曳入坐俄頃八珍羅列女行酒曰飲此以送君行郭鞠躬曰向覿面不識仙人實所惶愧如容自贖願收爲沒

齒不二之臣女顧婢微笑使命移席臥室室中流蘇繡
帳衾褥香軟使郭就榻坐飲次女屢言君離家久暫歸
亦無所妨更盡一籌郭不言別女喚婢籠燭送之郭不
言僞醉眠榻上推之不動女使婢扶裸之一婢排私處
曰箇男子容貌溫雅此物何不文也舉置牀上大笑而
去女亦寢郭乃轉側女問醉乎曰小生何醉甫見仙人
神志顛倒耳女曰此是天宮未明宜早去如嫌洞府悔
悶不如早別郭曰今有人夜得花聞香捫幹而苦無燈
燭此情何以能堪女笑允給燈火漏下四點呼婢籠燈

抱衣而送之入洞見丹堊精工寢處褥革棕氈尺許厚
郭解屨擁衾婢徘徊不去郭凝視之風致娟好戲曰謂
我不文者卿耶婢笑以足蹴枕曰子宜僵矣勿復多言
視履端嵌珠如巨菽捉而曳之婢仆於懷遂相狎而呻
楚不勝郭問年幾何矣荅云十七問處子亦知情乎曰
妾非處子然荒疎已三年矣郭研詰仙人姓氏及其清
貫尊行婢曰勿問即非天上亦異人間若必知其確耗
恐無地矣郭遂不敢復問次夕女果以燭來相就寢食
以此爲常一夜女入曰期以永好不意人情乖沮今將

糞除天宮不能復相容矣請以巵酒爲別郭泣下請得脂澤爲愛女不許贈黃金一斤珠百顆三琖既盡忽亦昏醉既醒覺四體如縛糾纏甚密股不得伸首亦不得出極力轉側暈墮牀下出手摸之則錦被囊裹細繩束爲起坐凝思畧見牀櫺始知爲已齋中時離家已三月家人謂其已死郭初不敢明言懼被仙譴然心疑怪之竊間以告知交莫有知其故者被置牀頭香盈一室折視則湖綿雜香屑爲之因珍藏焉後某達官聞而詰之笑曰此賈后之故智也仙人烏得如此雖然此事亦宜

愼密洩之族矣有巫嘗出入貴家言其樓閣形狀絕似嚴東樓家郭聞之大懼攜家亡去未幾嚴伏誅始歸

異史氏曰高閣迷離香盈繡帳雛奴蹀躞履綴明珠非權奸之淫縱豪勢之驕奢烏有此哉顧淫籌一擲金屋變而長門唾壺未乾情田鞠爲茂草空牀傷意暗燭銷魂含顰玉臺之前凝眸寶幄之內遂使糟邱臺上路入天宮溫柔鄉中人疑仙子傖楚之帷薄固不足羞而廣田自荒者亦足戒已

寃獄

朱生陽穀人少年佻達喜詼謔因喪偶往求媒媼遇其鄰人之妻覗之美戲謂媼曰適睹尊鄰風雅妙麗若我求凰渠可也媼亦戲曰請殺其男子我爲君圖之朱笑曰諾更月餘鄰人出責負被殺於野邑令拘鄰保血膚取實究無端緒惟媒媼述相謔之辭以此疑朱捕至百口不承令又疑鄰婦與私搒掠之五毒慘至婦不能堪誣伏又訊朱朱曰細嫩不任苦刑所言皆妄既使冤死而又加以不節之名縱鬼神無知予心何忍乎我實供之可矣欲殺夫而娶其婦皆我之爲婦實不之知也問

何憑荅言血衣可證及使人搜諸其家竟不可得又掠之死而復蘇者再朱乃云此母不忍出證據死我耳待自取之因押歸告母曰予我衣死也即不與亦死也均之死故遲也不如其速也母泣入室移時取衣出付之令審其迹確擬斬再駁再審無異詞經年餘決有日矣令方慮囚忽一人直上公堂怒目視令而大罵曰如此憒憒何足臨民隸役數十輩將共執之其人振臂一揮頹然並仆令懼欲逃其人大言曰我關帝前周將軍也昏官若動即便誅郤令戰懼悚聽其人曰殺人者乃宮

標也於朱某何與言已倒地氣若絕少頃而醒面無人色及問其名則宮標也搒之盡服其罪蓋宮素不逞知其討負而歸意腰橐必富及殺之竟無所得聞朱誣服竊自幸是日身入公門殊不自知令問朱血衣所自來朱亦不之知喚其母鞫之則割臂所染驗其左臂刀痕猶未平也令亦愕然後以此被劾揭免官罰贖羈留而死年餘鄉母欲嫁其婦婦感朱義遂嫁之

異史氏曰訟獄乃居官之首務培陰隲滅天理皆在於此不可不慎也躁急汚暴固乖天和淹滯因循亦傷民

命一人興訟則數農失時一案既成則十家蕩產豈故之細哉余嘗謂爲官者不濫受詞訟卽是盛德且非重大之情不必羈候若無疑難之事何用徘徊卽或鄰里愚民山村豪氣偶因鵝鴨之爭致起雀鼠之忿此不過借官宰之一言以爲憑定而已無用全人祇須兩造笞杖立加葛藤悉斷所謂神明之宰非耶每見今之聽訟者矣一票既出若或忘之攝牒者入手未盈不令消見官之票承刑者潤筆不飽不肯懸聽審之牌矇蔽因循動經歲月不及登長吏之庭而皮骨已盡矣而儼然而

民上也者偃息在牀漠若無事寧知水火獄中有無數寃魂伸頸延息以望拔救耶然在奸民之凶頑固無足惜而在良民之株累亦復何堪况且無辜之干連往往奸民少而良民多而良民之受害且更倍於奸民何以故奸民難虐而良民易欺也皂隷之所毆罵胥徒之所需索皆相良者而施之暴身入公門如陷湯火早結一日之案則早安一日之生有何大事而顧奄奄堂上若死人似恐谿壑之不遽飽而故假之以歲時也者雖非酷暴而其實厥罪維均矣嘗見一詞之中其急要不可

少者不過三數人其餘皆無辜之赤子妄被羅織者也或平昔以睚眦開嫌或當前以懷璧致罪故興訟者以其全力謀正案而以其餘毒復小鏈帶一名於紙尾遂成附骨之疽受萬罪於公門竟屬切膚之痛人跪亦跪狀若鳥集人出亦出還同猱繫而究之官問不及吏詰不至其實一無所用祇足以破產傾家飽蠹役之貪囊鬻子典妻洩小人之私憤而已深願爲官者每投到時畧一審詰當逐逐之不當逐芟之不過一濡毫一動腕之間耳便保全多少身家培養多少元氣從政者曾不

一念及此又何必桁楊刀鋸能殺人哉

劉夫人

廉生者彰德人少篤學然早孤家綦貧一日他出暮歸失途入一村有媼來謂曰廉公子何之夜得毋深乎生方皇懼更不暇問其誰何便求假榻媼引去入一大第有雙鬟籠燈導一婦人出年四十餘舉止大家媼迎白廉公子至生趨拜婦喜曰公子秀發何但作富家翁子即設筵婦側坐勸釂甚殷而自己舉杯未嘗飲舉箸亦未嘗食生惶惑屢審閥閱笑曰再盡三爵告君知生如

命已婦曰亡夫劉氏客江右遭變遽殞未亡人獨居荒僻日就零落雖有兩孫非鴟鴞即駑駘耳公子雖異姓亦三生骨肉也且至性純篤故遂覥然相見無他煩薄藏數金欲倩公子持泛江湖分其贏餘亦勝案螢枯死也生辭以少年書癡恐負重託婦曰讀書之計先於謀生公子聰明何之不可遣婢運貲出交兌八百餘兩生惶恐固辭婦曰妾亦知公子未慣懋遷但試爲之當無不利生慮重金非一人可任謀合商侶婦云勿須但覓一樸愨諳練之僕爲公子服役足矣遂輪纖指以卜之

曰伍姓者吉命僕馬囊金送生出曰臘盡滌殘候洗寶
裝矣又顧僕曰此馬調良可以乘御卽贈公子勿須將
回生歸夜纔四鼓僕繫馬自去明日多方覓役果得伍
姓因厚價招之伍老於行旅又爲人戇拙不苟貲財悉
倚付之往涉荆襄歲杪始得歸計利三倍生以得伍力
多於常格外另有酬賞謀同飛灑不令主知甫抵家婦
已遣人將迎遂與俱去見堂上華筵已設婦出備極慰
勞生納貲訖卽呈簿籍婦置不顧少頃卽席歌舞鞺鞳
伍亦賜筵外舍盡醉方歸因生無家室留守新歲次日

又求稽盤婦笑曰後無須爾妾會計久矣乃出冊示生
登誌甚悉並給僕者亦載其上生愕然曰夫人眞神人
也過數日館穀豐盛待若子姪一日堂上設席一東面
一南面堂下一筵西向謂生曰明日財星臨照宜可遠
行今爲主价粗設祖帳以壯行色少間伍亦呼至賜坐
堂下一時鼓鉦鳴聒女優進呈曲目生命唱陶朱富婦
笑曰此先兆也當得西施作內助矣宴罷仍以全金付
生曰此不可以歲月計非獲巨萬勿歸也妾與公子所
憑者在福命所信者在心腹勿勞計算遠方之盈絀妾

自知之生唯唯而退往客淮上進身爲鹾賈踰年利又數倍然生嗜讀操籌不忘書卷所與游皆文士所獲旣盈隱思止足漸謝任於伍桃源薛生與最善適過訪之薛一門俱適別業昏暮無所復之閽人延生入掃榻作炊細詰主人起居蓋是時方訛傳朝廷欲選良家女犒邊庭民間騷動聞有少年無婦者不通媒妁竟以女送諸其家至有一夕而得兩婦者薛亦新婚於大姓猶恐輿馬喧動爲大令所聞故暫還於鄉初更向盡方將拂榻就寢忽聞數人排闥入閽人不知何語但聞一人云

官人既不在家秉燭者何人閽人荅是廉公子遠客也俄而問者已入袍帽光潔畧一舉手即詰邦族生告之喜曰吾同鄉也岳家誰氏荅云無之喜趨出急招一少年同入敬與爲禮卒然曰實告公子某慕姓今夕此來將送舍妹於薛官人至此方無策進退維谷之際適逢公子寧非數乎生以未悉其人故躊躇久不敢應慕竟不聽其致詞急呼送女者少間二媪扶女郎入坐生榻上睨之年十五六佳妙無雙生喜始整巾向慕謝又囑閽人行沽畧盡欵洽慕言先世彰德人母族亦世家

今凌夷矣聞外祖遺有兩孫不知家況何似生問伊誰
曰外祖劉字暉若聞在郡北三十里生曰僕郡城東南
人去北里頗遠年又最少無多交知郡中此姓最繁止
知郡北有劉荆卿亦文學士未審是否然貧矣某曰某
祖墓尚在彰郡每欲兩櫬歸葬故里以資斧未辦姑猶
遲遲今妹從去歸計益決矣生聞之銳然自任二墓俱
喜酒數行辭去生却僕移燈琴瑟之愛不勝言次日薛
已知之趨入城除別院館生生詣淮交盤已酉伍居肆
裝貲返桃源同二墓啟岳父母骸骨兩家細小載與俱

歸入門安置已囊金詣主前僕已候於途從去婦逆見
色喜曰陶朱公載得西子來矣前日爲客今日爲吾甥
壻也置酒迎塵倍益親愛生服其先知因問夫人與岳
母遠近婦云勿問久自知之乃堆金案上瓜分爲五自
取其二曰吾無用處聊貽長孫生以過多辭不受悽然
曰吾家零落宅中喬木被人伐作薪孫子去此頗遠門
戶蕭條煩公一營辦之生諾而金止受其半婦強內之
送生出揮涕而返生疑怪間回視第宅則爲墟墓始悟
婦即妻之外祖母也既歸贖墓田一頃封植偉麗劉有

二孫長即荆卿次玉卿飲博無賴皆貧兄弟詣生申謝生悉厚贈之由此來往最稔生頗道其經商之由玉卿竊意冢中多金夜合博徒數輩發墓搜之剖棺露胔竟無少獲失望而散生知墓被發以告荆卿荆卿詣生同驗之入壙見案上纍纍前所分金具在荆卿欲與生共取之生曰夫人原留此以待兄也荆卿乃囊運而歸告諸邑宰訪緝甚嚴後一人賣壙中玉簪獲之窮詰其黨始知玉卿爲首宰將治以極刑荆卿代哀僅得賒死墓內外兩家並力營繕較前益堅美由此廉劉皆富惟玉

卿如故生及荆卿常河潤之而終不足供其博賭一夜盜入生家執索金貲生所藏金皆以千五百爲箇發示之盜取其二止有鬼馬在廄用以運之而去使生送諸野乃釋之村衆望盜火未遠譟逐之賊驚遁共至其處則金委路側馬已倒爲灰燼始知馬亦鬼也是夜只失金釧一枚而已先是盜執生妻悅其美將就淫之一盜帶面具力訶止之聲似玉卿盜釋生妻但脫腕釧而去以是疑玉卿然心竊德之後盜以釧質賭爲捕役所獲詰其黨果有玉卿宰怒備極五毒兄與生謀欲以重賄

脫之謀未成而玉卿已死生猶時卹其妻子生後登賢書數世皆素封焉嗚呼貪字之點畫形象甚近乎貧如玉卿者可以鑒矣

神女

米生者閩人傳者忘其名字郡邑偶入郡醉過市廛聞高門中簫鼓如雷問之居人云是開壽筵者然門庭亦殊清寂聽之笙歌繁響醉中雅愛樂之並不問其何家即街頭市祝儀投晚生刺焉或見其衣冠樸陋便問君係此翁何親荅言無之或言此流寓者僑居於此不審

生檢得鮑莊體有重傷生以謀殺論死備歷械梏以諸未獲罪無申證訟繫之年餘直指巡方廉知其寃出之家中田產蕩盡而衣巾革褫冀其可以辯復於是攜囊入郡日將暮步履頗殆休於路側遙見小車來二青衣夾隨之既過忽命停輿車中不知何言俄一青衣問生君非米姓乎生驚起諾之問何貧窶若此生告以故又問安之又告之青衣去向車中語俄復返請生至車前車中以纖手搴簾微覘之絕代佳人也謂生曰君不幸得無妄之禍聞之太息今日學使署中非白手可以出

盡爵生不得已亦强盡之少年復斟生覺憊甚起而告退少年强挽其裾生大醉踣地但覺有人以冷水灑面恍然若寤起視賓客盡散惟一少年提臂送之遂別而歸後再過其門則已遷去矣自郡歸偶適市一人自肆中出招之飲視之不識姑從之入則座上先有里人鮑莊在焉問其人乃諸姓市中磨鏡者也問何相識曰前日上壽者君識之否生言不識諸言予出入其門最稔翁傅姓但不知何籍何官先生上壽時我方在墀下故識之也日暮飲散鮑莊夜死於塗鮑父不識諸執名訟生檢得鮑莊體有重傷生以謀殺論死備歷械梏以諸未獲罪無申證訟繫之年餘直指巡方廉知其冤出之家中田產蕩盡而衣巾革褫冀其可以辯復於是攜囊入郡日將暮步履頗殆休於路側遙見小車來二青衣夾隨之既過忽命停輿車中不知何言俄一青衣問生君非米姓乎生驚起諾之問何貧窶若此生告以故又問安之又告之青衣去向車中語俄復返請生至車前車中以纖手搴簾微睨之絕代佳人也謂生曰君不幸得無妄之禍聞之太息今日學使署中非白手可以出

入者途中無可解贈乃於髻上摘珠花一朵授生曰此物可以鬻百金請緘藏之生下拜欲問官閥車行甚疾其去已遠不解何人執花諦視上綴明珠非凡物也珍藏而行至郡投狀上下勒索甚苦出花展視不忍置去遂歸歸而無家依於兄嫂幸兄賢爲經紀貧不廢讀過歲赴郡應童子試悞入深山會清明節游人甚衆有數女騎來內一女郎卽曩年車中人也見生停驂問其所往生具以對女驚曰君衣頂尚未復耶生慚然於衣下出珠花曰不忍棄此故猶童子也女郎暈紅上頰旣囑

坐待路隅款段而去久之一婢馳馬來以裹物授生曰娘子言今日學使之門如市贈白金二百爲進取之資生辭曰娘子惠我多矣自分掇芹非難重金所不敢受但告以姓名繪以小像焚香供之足矣婢不顧委地下而去生由此用度頗充然終不屑夤緣後入邑庠第一以金授兄兄善居積三年舊業盡復適閩中巡撫爲生祖門人優卹甚厚兄弟稱巨家矣然生素淸鯁雖屬大僚通家而未嘗有所干謁一日有客裘馬至門都無識者出視則傅公子也揖而入各道閒濶治具相款咨辭

以冗然亦不竟言去已而肴酒既陳公子起而請間相將入內拜伏於地生驚問何事悽然曰家君適罹大禍欲有求於撫臺非兄不可生辭曰渠雖世誼而以私干人生平所不爲也公子伏地哀泣生厲色曰小生與公子一飲之知交耳何遂以喪節强人公子大慚起而別去越日方獨坐有青衣人入視之即山中贈金者生方驚起青衣曰君忘珠花否生曰唯唯不敢忘曰昨公子即娘子胞兄也生聞之竊喜僞曰此難相信若得娘子親見一言則油鼎可蹈耳不然不敢奉命青衣出馳馬

而去更盡復返扣扉入曰娘子來矣言未已女郎慘然入向壁而哭不作一語生拜曰小生非卿無以有今日但有驅策敢不惟命女曰受人求者常驕人求人者常畏人中夜奔波生平何解此苦祇以畏人故耳亦復何言生慰之曰小生所以不遽諾者恐過此一見爲難耳使卿夙夜蒙露吾知罪矣因挽其袪隱抑搔之女曰子誠敝人也不念疇昔之義而欲乘人之危予過矣予過矣忿然而出登車欲去生追出謝過長跪而要遮之青衣亦爲緩頰女意稍解就車中謂生曰實告君妾非人

乃神女也家君爲南岳都理司偶失禮於地官將達帝聽非本地都人官印信不可解也君如不忘舊義以黃紙一幅爲妾求之言已車發遂去生歸悚懼不已乃假驅祟言於巡撫巡撫謂其事近巫蠱不許生以厚金賂其心腹諾之而未得其便也既歸青衣候門生具告之默然遂去意似怨其不忠生追送之曰歸語娘子如事不諧我以身命殉之既歸終夜輾轉不知計之所出適院署有寵姬購珠乃以珠花獻之姬大悅竊印爲之鈐之懷歸青衣適至笑曰幸不辱命然數年貧賤乞食所不忍鬻者今還爲主人棄之矣因告以情且曰黃金拋置我都不惜寄語娘子珠花須要償也踰數日傅公子登堂申謝納黃金百兩生作色曰所以然者爲令妹之惠我無私耳不然卽萬金豈足以易名節哉再强之聲色益厲公子慚而去曰此事殊未了翼日青衣奉女郎命進明珠百顆曰此足以償珠花耶生曰重花者非貴珠也設當日贈我萬鎰之寶直須賣作富家翁耳什襲而甘貧賤何爲乎娘子神人小生何敢他望幸得報洪恩於萬一死無憾矣青衣置珠案間生朝拜而後却之

越數日公子又至生命治酒肴公子使從人入廚下自行烹調相對縱飲懽若一家有客餽苦糯公子飲而美之引盡百琖面頰微頳乃謂生曰君貞介士愚兄弟不能早知君有愧裙釵多矣家君感大德無以相報欲以妹子附爲婚姻恐以幽明見嫌也生喜懼非常不知所對公子辭而出曰明夜七月初九新月鉤辰天孫有少女下嫁吉期也可備青廬次夕果送女郎至一切無異常人三日後女自兄嫂以及婢僕大小皆有餽賞又最賢事嫂如姑數年不育勸納副室生不肯適兄賈於江

淮爲買少姬而歸姬顧姓小字博士貌亦清婉夫婦皆喜見髻上插珠花甚似當年故物摘視果然異而詰之荅云昔有巡撫妾死其婢盜出鬻於市先人廉其直買而歸妾愛之先人無子生妾一人故所求無不得後父死家落妾寄養於顧媼之家顧妾姨行見珠屢欲售去妾投井覓死故至今猶存也夫婦歎曰十年之物復歸故主豈非數哉女另出珠花一朶曰此物久無偶矣因並賜之親爲簪於髻上姬退問女郎家世甚悉家人皆諱言之陰語生曰妾視娘子非人間人也其眉目間有

神氣昨簪花時得近視其美麗出於肌裏非若凡人以黑白位置中見長耳生笑之姬曰君勿言妾將試之如其神但有所須無人處焚香以求彼當自知女郎繡襪精工博士愛之而未敢言乃即閨中焚香祝之女早起忽檢篋中出襪遣婢贈博士生見之而笑女問故以實告女曰黠哉婢乎因其慧益憐愛之然博士益恭昧爽時必熏沐以朝後博士一舉兩男兩人分字之生年八十女貌猶如處子生抱病女鳩匠爲材令寬大倍於尋常既死女不哭男女他適則女已入材中死矣因並葬之至今傳爲大材塚云

異史氏曰女則神矣博士而能知之是遵何術歟乃知人之慧固有靈於神者矣

湘裙

晏仲陝西延安人與兄伯同居友愛敦篤伯三十而卒無嗣妻亦繼亡仲痛悼之每思生二子則以一子爲兄後甫舉一男而仲妻又死仲恐繼室不卹其子將購一妾鄰村有貨婢者仲往相之略不稱意情緒無聊被友人留酌醺醉而歸途中遇故窗友梁生握手殷殷邀過

其家醉中忘其已死從之而去入其門並非舊第疑而問之荅云新移此耳入而謀酒則家釀已竭囑仲坐待挈瓶往沽仲出立門外俟之見一婦人控驢而過有童子隨之年可八九歲面目神色絕類其兄心惻然動急尾綴之便問童子何姓荅言姓晏仲益驚又問汝父何名笑言不知言次已至其門婦人下驢入仲執童手曰汝父在家否童子諾而入頃之一媼出窺真其嫂也訝叔何來仲大悲隨之而入見廬落亦復整頓因問兄何在曰責負未歸問跨驢何人曰此汝兄妾甘氏生兩男

矣長阿大赴市未返汝所見者阿小坐久酒漸解始悟所見皆鬼以兄弟情切即亦不懼嫂溫酒治具仲急欲見兄促阿小覓之良久哭而歸曰李家負欠不還反與父閙仲聞之與阿小奔而去見有兩人方捽兄地上仲怒奮拳直入當者盡踣急救兄起敵已俱奔追捉一人捶楚無算始起執兄手頓足哀泣兄亦泣既歸舉家慰問乃具酒食兄弟相慶居無何一少年入年約十六七伯呼阿大令拜叔仲挽之哭向兄曰大哥地下有兩男子而墳墓不掃弟又子少而鰥奈何伯亦悽惻嫂謂伯

曰遣阿小從叔去亦得阿小聞之依叔肘下眷戀不去仲撫之倍益酸辛問汝樂從否荅云樂從仲念鬼雖非人慰情亦勝無也因爲解顏伯曰從去但勿嬌慣宜啖以血肉驅向日中曝之午過乃已六七歲兒歷春及夏骨肉更生可以娶妻育子但恐不壽耳言間門外有少女窺聽意致溫婉仲疑爲兒女便以問兒兒曰此名湘裙吾妾妹也孤而無歸寄養十年矣問已字否伯云尚未近有媒議東村田家女在窗外小語曰我不嫁田家牧牛子仲頗有動於中而未便明言既而伯起設榻於齋止弟宿仲雅不欲畱而意戀湘裙將設法以窺兄意遂別兄就榻時方初春氣候猶寒齋中夙無烟火森然起粟對燭冷坐思得小飲俄而阿小推扉入以杯羹斗酒置案上仲喜極問誰之爲荅云湘姨酒將盡又以灰覆盆火擲牀下仲問爺娘寢乎曰睡已久矣汝寢何所曰與湘姨共榻耳阿小候叔眠乃掩門去仲念湘裙慧而解意益愛慕之又以其能撫阿小欲得之心益堅輾轉牀頭終夜不寢早起告兄曰弟子然無偶煩大哥畱意也伯曰吾家非一瓢一擔者物色當自有人地下即

有佳麗恐於弟無所利益仲曰古人亦有鬼妻何害伯似會意便言湘裙亦佳但以巨針刺人迎血出不止者乃可爲生人妻何得草草仲曰得湘裙撫阿小亦得伯但搖首仲求之不已嫂曰試捉湘裙強刺驗之不可乃已遂握針出門外遇湘裙急捉其腕則血痕猶溼蓋聞伯言早自試之矣嫂釋手而笑反告伯曰渠作有意喬才久矣尚爲代慮耶妾聞之怒趨近湘裙以指刺眶而罵曰淫婢不羞欲從阿叔奔去耶我定不如其願湘裙愧憤哭欲覓死舉家騰沸仲乃大慚別兄嫂率阿小而

出兄曰弟姑去阿小勿使復來恐損其生氣也仲諾之既歸僞增其年托言兄賣婢之遺腹子衆以其貌酷類亦信爲伯遺體仲教之讀輒遺抱一卷就日中誦之初以爲苦久而漸安六月中几案灼人而兒戲且讀殊無少怨兒甚慧日盡半卷夜與叔抵足恒背誦之仲甚慰又以不忘湘裙故不復作燕樓想矣一日雙媒來爲阿小議婚中饋無人心甚躁急忽甘嫂自外入曰阿叔勿怪吾送湘裙至矣緣婢子不識羞我故挫辱之叔如此表表而不相從更欲從何人者見湘裙立其後心甚歡

悅肅嫂坐具述有客在堂乃趨出少間復入則甘氏已去湘裙卸妝入廚下刀砧盈耳矣俄而肴胾羅列烹飪得宜客去仲入見湘裙凝妝坐室中遂與交拜成禮至晚女仍欲與阿小共宿仲曰我以陽氣溫之不可離也因置女別室惟晚間杯酒一往歡會而已湘裙撫前子如己出仲益賢之一夕夫婦歡洽仲戲問陰世有佳人否女思良久答言未見惟鄰女葳靈仙羣以爲美顧貌亦猶人要善修飾耳與妾往還最久心中竊鄙其蕩也如欲見頃刻可致但此等人未可招惹仲急欲一見女

把筆似欲作書既而擲管曰不可不可強之再四乃曰勿爲所惑仲諾之遂紙作數畫若符於門外焚之少時簾動鈎鳴吃吃作笑聲女起曳入高髻雲翹殆類畫圖扶坐牀頭酌酒相敘間濶初見仲猶以紅袖掩口不甚縱談數琖後嬉狎無忌漸伸一足壓仲衣仲心迷亂不知魂之所舍目前惟礙湘裙湘裙又故防之頃刻不離於側葳靈仙忽起搴簾而出湘裙從之仲亦從之葳靈仙握仲趨入他室湘裙甚恨而無如何憤然歸室聽其所爲而已既而仲入湘裙責之曰不聽我言恐後却之

不得耳仲疑其妬不樂而散次夕葳靈仙不招自來湘裙甚厭見之傲不爲禮仙竟與仲相將而去如此數夕女望其來則詬辱之而亦不能却也月餘仲病不起始大悔喚湘裙與共寢處冀可避之晝夜防稍懈則人鬼已在陽臺矣湘裙操杖逐之鬼忿與爭湘裙荏弱手足皆爲所傷仲寖以沉困湘裙泣曰吾何以見吾姊乎又數日仲奄然遂死初見二隸執牒入不覺從去至途患無資斧邀隸便道過兄所見之驚駭失色問弟近何作仲曰無他但有鬼病耳實告之兄曰是矣乃出白金

一裹謂隸曰姑笑納之吾弟罪不應死請釋歸我使豚兒從去或無不諧便喚阿大陪隸飲反身入家徧告以故乃令甘氏隔壁喚葳靈仙俄至見仲欲遁伯揪髮罵曰淫婢生爲蕩婦死爲賤鬼不齒羣衆久矣又祟吾弟耶立批之雲鬟蓬飛妖容頓減久之一嫗來伏地哀懇伯又責嫗縱女宣淫訶詈移時始令與女俱去伯乃送仲出飄忽間已抵家門直抵臥室豁然若寤始知適間之已死也伯責湘裙曰我與若姊謂汝賢能故使從吾弟反欲促吾弟死耶設非名分之嫌伊當撻楚湘裙慚

懼啜泣望伯伏謝伯顧阿小喜曰兒居然生人矣湘裙欲出作黍伯辭曰弟事未辦我不遑暇阿小年十三漸知戀父見父出零涕從之父曰從叔最樂我行復來耳轉盻遂逝自此不復通聞問矣後阿小娶婦生一子亦年三十而卒仲撫其孤如姪生時仲年八十其子二十餘矣乃析之湘裙無所出一日謂仲曰我先驅狐貍於地下可乎盛妝上牀而歿仲亦不哀半年亦歿

異史氏曰天下之友愛如仲幾人哉宜其不死而益之以年也陽絕陰嗣此皆不忍死兄之誠心所格在人無此理在天寧有此數乎地下生子願承前業者想亦不少恐承絕產之賢兄賢弟不肯收恤耳

羅祖

羅祖即墨人也少貧喜豪縱族中應出一丁戍北邊即以羅往羅居邊數年生一子駐防守備雅厚遇之會守備遷陝西參將欲攜與俱去羅乃托妻子於其友李某者遂西自此三年不得反適參將欲致書北塞羅乃自陳請以便道省妻子參將從之羅至家妻子無恙良慰然牀下有男子遺舄心疑之既而詣李申謝李致酒殷

勤妻又道李恩義羅感激不勝明日謂妻曰我往致主命暮不能歸勿伺也出門跨馬去匿身近處更定卻歸聞妻與李臥語大怒破扉二人懼膝行乞死羅抽刃出已復韜之曰我始以汝爲人也今若此殺之污吾刀耳與汝約妻子而受之籍名亦而充之馬匹器械具在我逝矣遂去鄉人共聞於官官笞李李以實告而事無驗見莫可質憑遠近搜羅則絕匿名跡官疑其因奸致殺益械李及妻逾年並桎梏以死乃驛送其子歸卽墨後石匣營有樵入山見一道士坐洞中未嘗求食衆以爲

異賫糧供之或有識者蓋卽羅也餽遺滿洞羅終不食意似厭囂以故來者漸寡積數年洞外蓬蒿成林或潛窺之則坐處不曾少移又久之見其出游山上就之已杳往瞰洞中則衣上塵蒙如故益奇之更數日而往則玉柱下垂坐化已久土人爲之建廟每三月間香楮相屬於道其子往人皆呼以小羅祖香稅悉歸之今其後人猶歲一往收稅金焉沂水劉宗玉向予言甚詳予笑曰今世諸檀越不求爲聖賢但望成佛祖請遍告之若要立地成佛須放下刀子去

橘樹

陝西劉公爲興化令有道士來獻盆樹視之則小橘細裁如指擯弗受劉有幼女時六七歲適値初度道士云此不足供大人淸玩聊祝女公子福壽耳乃受之女一見不勝愛悅寘諸閨闥朝夕護之唯恐傷劉任滿橘盈把矣是年初結實簡裝將行以橘重贅謀棄去女抱樹嬌啼家人紿之曰暫去且將復來女信之涕始止又恐爲大力者負之而去立視家人移栽墀下乃行女歸受莊氏聘莊丙戌登進士釋褐爲興化令夫人大喜竊意十餘年橘不復存及至則樹已十圍實纍纍以千計問之故役皆云劉公去後橘甚茂而不實此其初結也更奇之莊任三年繁實不改第四年憔悴無少華夫人曰君任此不久矣至秋果解任

異史氏曰橘其有夙緣於女歟何遇之巧也其實也似感恩其不華也似傷離物猶如此而況於人乎

木雕美人

商人白有功言在濼口河上見一人荷竹簏牽巨犬二於簏中出木雕美人高尺餘手目轉動艷妝如生又以

小錦韉被犬身便令跨坐安置已叱犬疾奔美人自起學解馬作諸劇鐙而腹藏腰而尾贅跪拜起立靈變不訛又作昭君出塞別取一木雕兒插雉尾披羊裘跨犬從之昭君頻頻回顧羊裘兒揚鞭追逐真如生者

金永年

利津金永年八十二歲無子媼七十八歲自分絕望忽夢神告曰本應絕嗣念汝貿販平準賜予一子醒以告媼媼曰此真妄想兩人皆將就木何由生子無何媼腹震動十月竟舉一男

孝子

青州東香山之前有周順亭者事母至孝母股生大疽痛不可忍晝夜嚬呻周撫飢進藥至忘寢食數月不痊周憂煎無以爲計夢父告曰母疾賴汝孝然此創非人膏塗之不能愈徒勞焦惻也醒而異之乃起以利刀割脇肉肉脫落覺不甚苦急以布纏腰際血亦不注於是烹肉作膏敷母患處痛截然頓止母喜問何藥而靈效如此周詭對之母創尋愈周每掩護割處即妻子亦不知也既痊有巨痕如掌妻詰之始得其情

異史氏曰割股爲傷生之事君子不貴然愚夫婦何知傷生之爲不孝哉亦行其心之所不自已者而已有斯人而知孝子之眞猶在天壤司風敎者重務良多無暇彰表則闡幽明微賴兹芻蕘

獅子

暹邏貢獅每止處觀者如堵其形狀與世傳繡畫者迥異毛黑黃色長數寸或投以雞先以爪搏而吹之一吹則毛盡落如撏亦理之奇也

梓潼令

常進士大忠太原人候選在都前一夜夢文昌投刺拔籤得梓潼令奇之後丁艱歸服闋候補又夢如前默思豈復任梓潼乎已而果然

聊齋志異卷九終